小龍嗡嗡嗡

Lucy Kincaid 著
Eric Kincaid 繪
陳韋倩 譯

三民書局

The Little Dragon ISBN 1 85854 777 6
Written by Lucy Kincaid and illustrated by Eric Kincaid
First published in 1998
Under the title The Little Dragon
by Brimax Books Limited
4/5 Studlands Park Ind. Estate,
Newmarket, Suffolk, CB8 7AU

樹林裡的小龍

Little Dragon in the Wood

One day, the **animals** in the **wood** see someone **strange**.
"Who is coming?" say the birds.
"Who is coming?" say the rabbits.
"It is a Little **Dragon**!" say the bees.
The animals are **frightened**. They all **hide**.

animal [`ænəml̩]
名 動物

wood [wʊd]
名 樹林

strange [strendʒ]
形 奇怪的

dragon [`drægən]
名 龍

frightened [`fraɪtn̩d]
形 害怕的

hide [haɪd]
動 躲藏

有一天，樹林裡的動物們看見某個奇怪的東西。
「誰來了？」鳥兒們說。
「誰來了啊？」兔子們說。
「是一隻小龍！」蜜蜂們說。
動物們害怕得全躲了起來。

Little Dragon is **hot**.
He **sits down** on a **log**.
The animals can all see Little
Dragon — but he cannot see them.
They are hiding.

小龍覺得很熱。
便在一根圓木上頭坐了下來。
動物們都看得見小龍，可是小龍
卻看不見他們。
因為他們全躲起來了！

hot [hɑt]
形 熱的

sit [sɪt]
動 坐

sit down
坐下

log [lɔg]
名 圓木

What will Little Dragon do? He **shuts** his eyes. He **opens** his mouth. Little Dragon **begins** to **sing**. The animals do not like Little Dragon's song. They want him to **stop** singing.

小龍想做什麼呢？
他閉上眼睛，張開嘴巴，唱起歌來了。動物們不喜歡小龍的歌唱，他們想阻止小龍再唱下去。

shut [ʃʌt]
動 關（閉）

open [ˋopən]
動 打開

begin [bɪˋgɪn]
動 開始

sing [sɪŋ]
動 唱歌

stop [stap]
動 停止

The animals **come out** from their hiding **places**.
"Stop!" say the birds.
"Stop!" say the rabbits.
"Stop!" say the bees.
Little Dragon stops singing.

動物們從他們躲藏的地方出來。
「別唱了！」鳥兒們說。
「別唱了！」兔子們說。
「別唱了！」蜜蜂們說。
小龍停止了歌唱。

come out
出來

place [ples]
名 地方

"Where have you **come from**?"
asks Little Dragon.
"We **live** here," say the birds.
"I didn't see you," says Lit–
tleDragon.
"We were hiding," say the bees.

「你們從哪兒來的？」小龍問。
「我們住在這兒呀！」鳥兒們說。
「可是我剛剛沒看見你們啊！」小龍說。
「我們躲起來了。」蜜蜂們說。

come from
來自

live [lɪv]
動 居住

"Can I sing a song for you?" asks Little Dragon.

"No! No! Please don't sing!" say all the animals.

Little Dragon **looks sad**.

"Nobody will let me sing," he says.

Little Dragon begins to **cry**.

The animals have never seen a dragon cry before.

「我可以為你們唱一首歌嗎？」小龍問。

「不！不！拜託不要唱！」動物們異口同聲地說。

小龍看起來好難過的樣子。

「沒有人要讓我唱歌。」小龍說。

小龍哭了起來。

動物們從來沒見過龍哭的模樣。

look [lʊk]
動 看起來

sad [sæd]
形 悲傷的

cry [kraɪ]
動 哭

"Are you a **real** dragon?" ask the animals.

Little Dragon **shows** them that he is. He **puffs** smoke and **breathes** fire. The animals are frightened. They run away.

"Come back," calls Little Dragon. "I will not **hurt** you. I just want to sing."

「你是真正的龍嗎？」動物們問。
小龍便證明給他們看。他又是噴煙、又是吐火焰的。
動物們嚇得跑掉了。
「回來啊！」小龍大聲呼喊。
「我不會傷害你們的，我只是想唱歌而已！」

real [`riəl]
形 真的

show [ʃo]
動 向…證明…

puff [pʌf]
動 噴出

breathe [brið]
動 吐出

hurt [hɝt]
動 傷害

"We will help you," say the birds. "**Listen** to us."
Little Dragon listens to the birds.
Then he opens his mouth and **tries** to sing like the birds. But he can't!
He puffs smoke and breathes fire.
"Stop!" say the birds.
"Stop!" say the bees.
"Stop!" say the rabbits.

listen [ˋlɪsn̩]
動 聽

try [traɪ]
動 嘗試

「我們可以幫助你。」鳥兒們說。
「注意聽我們喲！」小龍注意聽著。
然後他張開了嘴巴，試著像鳥兒們一樣地唱歌。可是他做不到。他噴出煙、吐出火焰來。
「停下來！」鳥兒們說。
「停下來！」蜜蜂們說。
「停下來！」兔子們說。

Little Dragon is sad. He walks away.
"Come back," say the rabbits.
"We will help you," say the bees.
"How?" ask the birds.
"We can **hum**," say the bees.
"Humming is like singing."
The bees begin to hum.

hum [hʌm]
動 嗡嗡叫

小龍很傷心地走開了。
「回來啊！」兔子們說。
「我們可以幫助你。」蜜蜂們說。
「怎麼幫呢？」鳥兒們問。
「我們會嗡嗡叫呀！」蜜蜂們說。
「嗡嗡叫和唱歌很像的！」
蜜蜂們嗡嗡嗡地哼了起來。

H-M-M-M-M-M-M-M-M-M
H-M-M-M-M-M-M-M-M
H-M-M-M-M-M-M-M

"Can I do that?" asks Little Dragon.

"You can if you try," say the bees.

Little Dragon tries to hum.

He can do it! He can hum just like the bees!

"Hum hum hum," hums Little Dragon.

Nobody **tells** him to stop.

「我做得到嗎？」小龍問。

「只要你試試看，便做得到喲！」蜜蜂們說。

小龍試著嗡嗡叫。

他辦到了！他能夠像蜜蜂們一樣發出嗡嗡嗡的聲音了！

「嗡嗡嗡！」小龍嗡嗡嗡地哼著。

沒有人叫他停止呢！

tell [tɛl]
動 告訴

HM-MM-MM-MM-MM-MM
HM-MM-MM-MM-MM-MM
HM-MM-MM-MM

Little Dragon is humming a song. The bees are humming too. The birds are singing. All the animals **join** in.

The rabbits **tap** their feet. The flowers **nod** their heads. Everyone is happy.

小龍嗡嗡嗡地哼起歌來，蜜蜂們也嗡嗡嗡。鳥兒們唱著歌，所有的動物全加入唱歌的行列。

兔子們輕輕踏著腳，花兒們搖晃著頭，大夥兒都非常快活呢！

join [dʒɔɪn]
動 加入

tap [tæp]
動 輕踏

nod [nɑd]
動 點頭

小普羅藝術叢書

《我喜歡》系列

《創意小

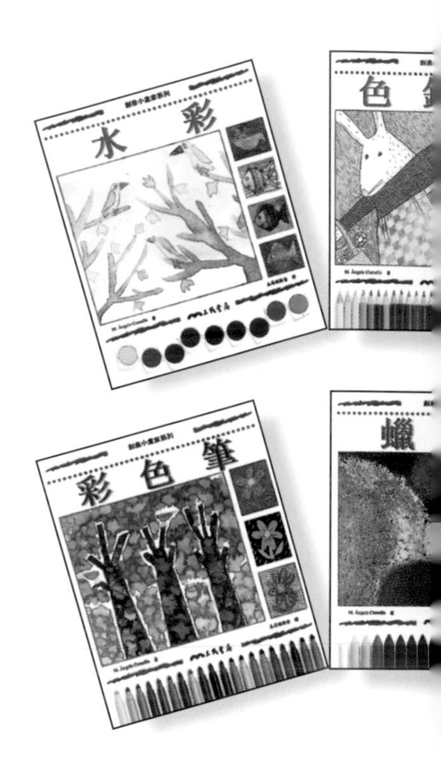

《創意小畫家

《聯合報》讀書

24×30cm／精裝／15冊

家》系列

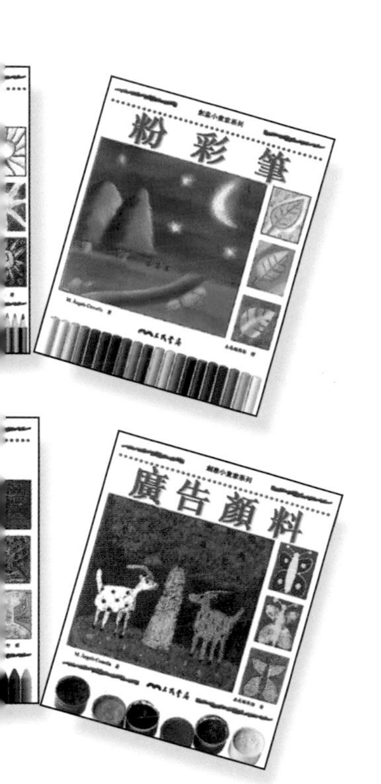

系列 榮獲

版最佳童書

《小畫家的天空》系列

當一個天才小畫家
發揮想像力
讓色彩和線條在紙上跳起舞來！！

教你怎麼用面紙拼貼、畫各種風景、
動物，還有冰淇淋哦！！

救難小福星

Heather S Buchanan著　本局編輯部編譯

15×16cm／精裝／6冊

在金鳳花地這個地方，住著六個好朋友：兔子魯波、蝙蝠貝索、老鼠妙莉、
鼴鼠莫力、松鼠史康波、刺蝟韓莉，
他們遇上了什麼麻煩事？要如何解決難題呢？
好多好多精采有趣的歷險記，還有甜蜜溫馨的小插曲，
就讓這六隻可愛的小動物來告訴你吧！

魯波的超級生日

莫力的大災難

貝索的紅睡襪

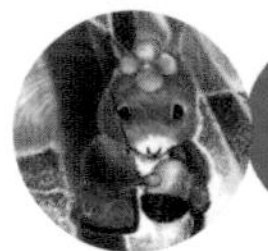
史康波的披薩

妙莉的大逃亡

韓莉的感冒

老鼠妙莉被困在牛奶瓶了！糟糕的是，她只能在瓶子裡，看著朋友一個個經過卻沒發現她。有誰會來救她呢？
（摘自《妙莉的大逃亡》）

樹林裡的小龍

網際網路位址　http : // www. sanmin. com. tw

ⓒ樹林裡的小龍

著作人　Lucy Kincaid
繪圖者　Eric Kincaid
譯　者　陳韋倩
發行人　劉振強
著作財產權人　三民書局股份有限公司
臺北市復興北路三八六號
發行所　三民書局股份有限公司
地址／臺北市復興北路三八六號
電話／二五〇〇六六〇〇
郵撥／〇〇〇九九九八──五號
印刷所　三民書局股份有限公司
門市部　復北店／臺北市復興北路三八六號
重南店／臺北市重慶南路一段六十一號
初　版　中華民國八十八年十一月
編　號　S85520
定　價　新臺幣壹佰伍拾元整
行政院新聞局登記證局版臺業字第〇二〇〇號

ISBN　957-14-3084-6（精裝）